默歇

推薦序

一顆飄盪人海無島可依的纖細靈魂，而沉默是最好的歇息——淺談詩人默歆的《自生自滅》

蘇家立

早慧並不足以形容他，嚴格說來，正是這份過於敏感的慧黠，讓他陷入現實與夢魘的拉鋸，或悲或喜，旁人難以置喙，但至少這是詩人千思萬慮後的步伐，縱然眼前天色灰濛，猶要背負難捨的業，豪步前行；即便內在的惡靈糾纏不去，仍能鼓起殘餘的一絲理智，嗚響震天。「我的生命由我的任性揮毫，我的結束亦由我的漆暗定奪。」這就是默歆的覺悟，令人不忍卻只能理解並毅然送別。

對默歆出版第一本詩集《自生自滅》，我是既歡喜且憂傷，歡喜是恭賀他能透過詩作，藉著深掘自我、反詰社會而找到存在價值，想留予一齣清醒給後世，證明世間踅走這一遭，並非徒勞；憂傷則是：默歆如此年輕，便如此直率地挑戰現實的諸多沖蝕，導致遍體鱗傷，踽踽踏步，徬徨無助，磨損了靈魂的片隅。

默歆這本詩集分為四輯，共同特徵是詩作均為短詩，且乘載著濃密的哀戚，而這份哀慟很有節制地收斂於文字之上，順著作者豐沛的情感與知識，潺潺流向讀者心中，清癯而略帶鬼魅，彷彿腳步駐尖於懸崖，雙手意欲抓向雲邊，儘管墜落就在幾吋之間，也不會令人感到些許憾恨。《自生自滅》就是這般矛盾交織，令五感飄忽雲霄之外，但理智仍捏在掌心，滲出非血似血的液體，濃稠且散逸一股複雜的氣味。

輯一梨花爛漫時，洋溢著一股陰柔，令我著迷的是〈犧牲〉這首短詩的破敗、腐爛的淒美：

在你我之間
有副燒紅的手銬

你敲碎酒瓶
割斷了我的手腕
鮮血直流

在地上
刻出了
「我愛你」三字

手銬的意象鮮明，意味著「你我」被緊緊拉扯著，而「燒紅」究竟是因為拉扯而導致的結果，還是外在因素導致兩人不得不被燒紅的手銬侷限，就予人無限想像。第二段的白描，藉著某一方的暴力行徑，毀壞另一方的肉身，讓愛的具象物——血液汨汨直流，則能看出作者徒勞式的美感：即使彼此崩潰，也要讓犧牲成為有價值的物事。縱然末段的呈現有些青澀、近乎愚直的不假掩飾，毋寧視為默歇初出茅廬的質樸與簡扼，他詩句中的真摯流淌，純粹地叫人難以直視。

輯二喘息如同輯名，除了急促外，還給予了讀者窒息的不安感。例如〈規劃〉中的：

請沿黃線向前
現在我們所需的
只是服從

現實中有太多前進後退是被社會所制約、規範，而沿著黃線，就一般大眾的共識是「順著危險」，「沿著黃線向前」有股不入虎穴焉得虎子的落寞，透過「服從」的無奈，強調在我們之間最重要的，或許還有其他不可知，而現今若要安身立命，唯有被迫要求自己服從這些體制內的真實。

輯三愁緒是默歇對現實的悲嘆，最教人動容的，莫過於〈頓悟〉這首半是清醒半是迷茫的煢火煢煢之作：

一隻烏鴉
不期然地在清晨的枝頭上鳴叫著
穿透山谷　順著溪流
直直注入我的雙瞳

默歆尚未成年，就能看透人生的跌宕、起伏與終歸平凡，寥寥五句，道盡他的感慨。烏鴉的意象紛雜，與清晨相對，又不期然聽到牠的鳴唱，這兩句就看得出默歆的心胸遼闊，不受塵俗羈絆；後半的穿透山谷順著溪流，有幾個意涵：一是無畏四周景致、二是順其自然。用「注入」一詞收束偌大的空間於雙瞳，足見作者的無悔與堅定，而這就是自許為詩人的頓悟與責任，於這首短詩中燦然無比。

詩集收尾的輯四沉思，能看出默歆思考的邏輯性：先是情緒高亢，如鷹鷲俯瞰凡塵諸相，粗暴且執拗，再來猶如強弩之末，於沙漠中掙扎著殘生，接著湧生無限的感慨，回首來時滿地秋霜，最後則是靜思歸納，替自我做個簡單的朱批。〈繆思〉做了個最佳見證：

今晨雨色淒清
寂靜地只剩雨聲閃爍

而我正馳向夢鄉
一陣悲情踏在地上

這回準是她了！
我暗自猜想

一如往常
風兒剁啄著我的窗

一聲嘆息迴響
在我枕上

這首詩分為五段，每段以二句為主，急促有力且承擔了作者意念。雨聲的閃爍、駛向夢鄉、風兒剁啄，均是令人讚賞的聯想，收尾在嘆息迴響於枕，「我」在夢中抑或清醒，猶不可知，而這就是繆思降臨的瞬間，往往在罅隙之中，撩動著生命的弦音。

誠如開頭所述，「生死由我、滅誕自若」。有著纖細靈魂的默歇，在人海中有意識地無助飄盪，但求尋覓一座真正的島嶼，能棲放滿是瘡痍的肉身，使一顆以沉痛為刀，不停鏤刻雕塑的心，能終結持續淌血的自崩，在不算溫暖的爐前，烤乾憔悴的面容。

蘇家立簡介：

喜好閱讀和塗鴉的凡庸，熱愛文學痛恨不義，著有《向一根半透明的電線桿祈雪》、《渣渣立志傳》、《其實你不知道》、《詩人大擺爛》。

推薦序
《自生自滅》讀後感

漫畫家　爛貨習作

第一次打開《自生自滅》原稿時，我正被大雨困在郵局門口。明明是描寫悲傷、痛苦，詩的結尾卻總感到逆來順受的坦然；像是受了重傷，卻只漠然審視身上的傷口。不只是審視而已。

文字較圖像更為純粹精確，以至於默歇所描寫出來的痛苦，更像是仔細解剖後攤在讀者面前，我想坦然大概來自於此。

讀完第一次，雨回歸了它的原貌——不過就是水而已，於是我走出狹窄屋簷，緩緩散步回家。

第二次打開原稿，我正躺在床上對抗著長期的睡眠障礙。無論是成鳳的雀，或是愁緒裡的畫家，甚至歇斯底里的病人，多少都有作者身影，公開自己的傷疤除了小小的獵奇虛榮，其實並沒有好處，更多人選擇遮掩起來。

那寫這些有意義嗎？

同為喜愛描寫和閱讀負面情緒的創作者，不免會遇到這樣的疑問，這是書寫傷痛的一大難題，對我來說，唯一的原因就是——它們確實存在。

那些痛苦無處不在，冷不防就會在腿上狠咬一口，我們直視它、把它抓起來擺弄，然後捕捉它的樣貌，再呈現出來，像是山頂洞人把想捕到的獵物畫在岩壁上，那有種魔力，讓我們得到掌握它的方法，而不被徹底擊潰。

我不確定默歇是否認同如此正面積極的解讀，但無論如何，我確實從閱讀這些詩的過程，得到一些魔力。

讀完第二次，我坐回電腦前，放棄了睡眠。

二〇二一年八月八日

序言

：「年輕的詩人啊，你想在紙上寫下什麼樣的詩篇？」

：「讓人們在我的詩中撕心裂肺，啃食痛苦。在回憶中流連，

在淚所流成的河裡漫步。回憶傷悲，也同時，回憶幸福。」

目次

目次

輯二　喘息

目次

輯三 愁緒

輯四　沉思

輯一　梨花爛漫時

纏勒*

曾經
我　駐足在你的身旁
卻猶如囚徒般　只得原地掙扎
盼著鳥兒　替我遞信

數年後
相互交纏　直至彼此相繼死去

如果可以
願你的被害者　是我

* 「纏勒現象」是指樹的種子（多屬榕類植物）落在另一棵樹上，在其枝椏中的縫隙裡慢慢長大並與之競爭，最後完全剝奪宿主生長空間的植物發育過程。纏勒是熱帶植物重要特徵之一，臺灣地處副熱帶，雨量豐富，故此現象頗為常見。

死的念想

斜陽
趁我恍惚時低垂
西比爾*用著乾癟的眼望向我
將淚水引向西方
：「我　也想像那樣逝去。」

*西比爾為希臘神話中的一位女預言家，因獲得永生卻無法保持青春，後日漸憔悴，求死不得。

交易痛苦

以物易物
我拿痛苦
買你的愛

交易完成
我們手牽手
一起剪綵

念舊

往事如燈
我如蛾

輓歌溢出

葬我
於濕熱的床單
並以沙啞的哭聲
溫柔地將我活埋

失溫

她手持棍棒
使勁砸著房門

心

碎了

她進來
她打碎一切
倒汽油　點火柴

而我

只能吊著凝望
靜靜地　任由愛和死亡羞辱

心囚

厭惡的惡臭瀰漫
盛怒的焰火　在餘暉下灑落一地
被立馬逐片拾盡
放進口袋小心收著

天乾物燥

昏黃的紙上　放了張褪色的街
怎料　這紙竟沖刷時間
叨著兒時的回憶　在我面前招搖
晃著
晃著
跌在街上　化成了灰

速食愛情

寂寞的雀

在空中
接吻

啜飲幾口

離席

沒有比翼
只是黯淡地回去
各自的　破敗的　潮濕的巢裡

蜷曲

仙人掌

我知道你起了防備
開始對我瞪大雙眼

但你對我來說
始終是柔軟的

在破掉以前

不疼嗎？
全是淚

放縱

滿罈的酒　須臾瞬息間一飲而盡
灑了滿地　血流成海的墨跡
筆鋒遊走　一筆劃開羣山險峻
江水　流淌著白草黃雲
呼嘯而過的怒吼　抓傷了孤吟

遊蕩

小心翼翼地
倚靠著彼此　入眠

吵雜的夜裡
我們飛行
我們昏厥

我們
慵懶地在太平洋上酣睡

卑微

毫無價值的玩物
渴求著短暫的停留

現出原形了
蒼白瘦弱的傢伙
透過光曝露了

細絲遍佈全身
他　幸福的笑著

若雲似人

在空中被翻轉　被撕裂

時而碩大如鯨　時而隱顯如毫
看似柔軟　卻始終無法觸及

他們總四處遊走　漫無目的

相遇
然後倚靠著彼此啜泣

返家

荒蕪的列車月台啊
我用愁思刷洗著你
刷去所有疲憊的步伐
刷去所有惆悵的心聲

天未曦　你卻已然乾透
夜半時分
鳴笛聲　也在霧中散去

剩盞發綠的晦暗煤氣燈
來迎接我

清晨的一杯咖啡

破曉之前
猝然起了喧鬧
號角的喧聲震醒萬物

一陣歇力的吶喊
在林間來回穿梭

片刻後

河床上流著污血
它們狼狽地退入穴中
漆黑的濃霧裡
敗北　由雙瞳滲出

無色之河

滴在肩上的月光
少了你的顏色
如同淚水般清澈

孤獨的夜裡
少了你

我像

剪定*

懵懂的愛
在月光的特寫下
顯得特別豔麗

你我都知
此非長久之計

些許的分離
或許能　讓它

流得更久
也更細膩

---

* 剪定（せんてい；sentei）日文對「剪定」這個漢字名詞解釋，是說把植株多餘的枯枝、徒長枝、生病的枝條等對生長勢或外型不好的枝條剪除，用來維持植株外型美觀，也可保持通風。

遷徙

迷途的過客
遠在他鄉
漂泊著　成了異鄉人
廁所裡閃爍的燈
似乎該換了

我

似乎也該換了
換個身分
換個地方

啜泣　或許發愣
換掉我吧　和我的舊菸盒

底片

陷在失戀的循環之中

我們
相互拍攝彼此的淚顏

酒醒後　仍散著撫媚
如這溢著脂香的底片般
淚光　閃閃

夢裡
伊人能否抽空　再次相見？

殉情

蒼白的天　問道：
「地上的男人啊，你這樣值得嗎？」
我依舊如此
既使早已深知
她是我最大的敗筆

試探

漫漫的高雄
灑滿了你的蹤影

失焦的夜裡
我摸索著你的喘息

摸索著
你所遺留的　淚滴

犧牲

在你我之間
有副燒紅的手銬

你敲碎酒瓶
割斷了我的手腕
鮮血直流

在地上
刻出了
「我愛你」三字

更迭

牽著妳手的男人
以後不是我

願他愛妳　更勝過我

且珍惜妳的　每塊碎片

老伴

我想　這次他是獨自一人
用著老花的雙瞳
凝視著壁上的畫
淚滴　則順著畫框流下

吶喊

千萬個悲傷的男人
映在破碎的鏡子上
如出一轍地哭泣著
我想　他仍是獨自一人
凝望著壁上的畫
男人的淚
順著碎片
滴在了地上

送行

再送我一程吧

讓月光照出你的那眶淚

放聲地哭吧

今晚　只有你我二人
無需在乎　更無須拘束
隨風搖曳吧　任由露滴揮灑

水手

遼闊的海
在呆滯的眼神中　逐漸消退
而虛無　則化作無聲伴隨

谷底的鯨
在清晨的陰暗處啞啞低語
似乎　在試著說些什麼

寂靜的海
剩浪的拍打
慢慢地
從眼眶泛出

夜裡飛行

我再也不想記住你
讓我飛吧　在這月光的映照下
你我都不再擁有意義
只剩淚滴
如雨揮灑著

列車

擁擠得連放腳的地方都沒
偶然碰到了個扶手
卻挨了頓罵

返工的工人們啊　上了車
我便隨他們走向車尾

這回總摸到了扶手
可除了這

只剩遍地開裂的仿木地貼

上膛

男人的忠貞
在頭顱上　開了朵花
如此鮮豔
正如他們的第一個情人節花束

腐敗

愛人啊
我正替你織著裹屍布
連同我的愛一同織入
你使我的希望徒然
使我的情感飽受愚弄
我啊
恨不得將你親手下葬
去吧
在煉獄中盡情燃燒

縱然你已麻木
蛆蟲和烈火將在你的肉身上
跳起舞
並飲酒狂歡

愛人啊
我正替你織著裹屍布
連同我的愛一同織入

成長

當你開始為金錢憂愁
當你開始為了張寫了字的紙淚流
當你開始為一則父母的語音留言感動
當你開始愛上曾經討厭的咖啡

孩子啊
我想你長大了

掙扎

愛人啊
你早已被世俗馴化
並試著　使我同化
我雖願意為你失去一切
但我——這次將要反抗
愛人啊
我為你今後嘆息
願你
在人世安好

分手

走吧　我的愛人
反正
離別後
我們依舊好好活著

強迫症

在偏執中執著
一遍又一遍地

在稿紙堆載浮載沉
任由指間的鮮血流淌
任由墨水　在紙上發燙

淡藍色香水

虛幻交雜
流出玩笑的框架

捅穿心房

最後
以苦澀　委屈做尾
輕輕地　灑在我的眼眶

司機

空車　在夜裡列隊站著
偶爾瞥一眼那個酩酊的路人

黑色的夜　白色的西裝
優雅　從容地
載走了我的愛人

夢魘

女人啊
妳那婆娑的舞姿
好似那干戚舞向蒼穹

我們是波西米亞*
生活在此景　此象

當我們作夢
當我們寢息

當我們
闔起你的雙眼吧
孩子……

* 波希米亞主義（Bohemianism）是指稱那些希望過非傳統生活風格的一群藝術家、作家、與任何對傳統不抱持幻想的人的一種生活方式。

失眠

難以入睡的思緒
按進我的眉頭攪動著
使我的雙唇蒼白
使我的雙眼佈滿血絲
喔　我親愛的繆思
你啊
喚醒了我那塵封已久的苦惱
也喚醒了晨曦

鬍渣

小時候
堆著積木
回過頭來向母親炫耀

十幾年後
堆著菸盒
回過頭來
只剩我那盞晦暗的檯燈

偽裝

激情是張紙
人們　點燃了火苗
待其熄滅時
才意識到　這不過是曇花一現罷了

激情
不過是愛
它劣質的贗品

母親

母親啊
請讓我再次
在您懷裡臥躺著
仔細聆聽——那心臟跳動著——仍溫熱
來日方長——別總為人所憂愁
我想看見那笑容——能少點皺摺

真相

我好想你
真的好想

輯二　喘息

噓

在我重整你之前
請你躺好

香料

謊言一句也摸不著的愛
反倒令人生畏　猜疑

開天窗

花海裡並非只剩你的花語
我的騙局裡　也不只有你

失足

墜

落

著
成了灘泥

褪色

可能還要一段時間
我才能忘卻你曾經的美

詩人

寫詩很痛苦
更痛苦的是
我只能寫詩

遺忘

待我慢慢忘記你吧
這樣就不會痛了
請不要掙扎

沐浴

現在我們在那了
在文學裡面

規劃

請沿黃線向前
現在我們所需的
只是服從

回音

我們原本只是在玩　然後他就死了

無望

若希望被抹滅
還有誰仍願意苟延殘喘?!

緣分

倘若那時分手就好
我們就能再次相愛

談判

放下你的吻
我只是你的愛人
不曾妄想更多

歸巢

秋晚的江上
鳥兒啊
還是背著倦意
馱著斜陽回去了

乾涸

待詩放棄我時

那時　我將以鮮紅暈染大地

跪坐在地　靜待寂寥降臨

入獄

就在今晚
我將被拘捕
以偷摘星辰的罪名

枯萎

分手吧　我的愛人
在花火燃盡之前

希望

沾著火的燭光

低垂
盤旋
凝視著你

走人

輯三　愁緒

奇鳥

枝頭上的雀
成鳳
悲啼至天明

被商人捕獲　囚禁

在自由熄滅時
也曾嘗試過啄死自己

但浴火後
不過是下一齣悲劇

熄火

在這殘暴　吵雜的世界
無可奈何地
我　必須允許自己使用謊言自衛

我需要更深入些
前去找尋　那所剩無幾的靜默

混沌和純潔
同步逼近著我
汲取著我的思緒

最後一絲希望

從呆滯的眼神中
淡去

化作虛無

懊悔

畫家
靜靜地　浸泡在愁緒裡
像是具福馬林*裡的標本

突然
被粗魯地拽出
千刀　萬剮
噴湧而出的鬱悶
濺了一地
這時人們才看清

裡面正躺著一塊
鏽掉的玉

*福馬林為甲醛含量為35%至40%的水溶液，同時加入10%~15%的甲醇防止聚合。具有防腐、消毒和漂白的功能，多用於保存屍體。

完美

摔斷水的原子筆啊
它有缺陷

祈禱著的手瑟瑟發抖
祂有缺陷

厭食憂鬱的黑貓啊
牠有缺陷

診間裡歇斯底里的病人啊
我有缺陷

烏托邦

悲劇不曾　把利刃抹在小女孩的脖子上
不曾葬她　於苦痛的深谷

鮮血淋漓的溝壑也不曾存在
即使　於彈孔四溢的沙場

不曾出現過　對於成功的失望
抑或是一絲無色的光

也不曾

輕拂崖邊的羔羊
使牠在沐浴在晨光之中

作詩

用著墨水　在雪白的紙上
肆意作畫

看它潮濕
看它乾燥

看裂縫中的留白　四處萌芽
看詩詞　在字裡行間是否仍然滾燙

並採摘文字
向它賠禮

昇華

腐敗潰爛後
我　成了風

不再有寂靜孤單之時
不再被遺忘
不再害怕死亡

卻無法
不再擁有

神愛世人

看著他不停地　不停地畫著同心圓
意念的重量　壓碎教堂的座椅和樑柱

靜坐

等待滾燙的血液澆灌大地
等待哀嚎和嘶吼淹沒自己

將十字架緊緊地　壓在胸膛
接著雙手合十　祈禱

兜圈子

感覺繞過這堵牆後
就會出現曙光

迎來的
卻是另一堵牆

出口啊
從未到訪

詩農

荒蕪中
有片不毛之地
死氣沉沉的荒原
在黑暗中熟成

低語著
訴說他們如何永生
如何歲月不侵

「你為何而來？」

我是位詩人
來採收你的文字

困惑

一道道劃下的刀痕
一道道流下的淚
一道道深鎖的大門
到底　哪首詩是對的？

過程

惟有在垂死之際時
人們才開始熟成　準備重新落地
而原本是我的那個男孩　死了
被一個白皙的男人所替代
這令我畏懼

吊人*

又一次　繩索被我掛上
週而復始

當我
再次從憂鬱中甦醒時

主啊
我向您渴求寬恕

* 吊人為塔羅牌之一，對應北歐神話中的奧丁，他曾將自己吊在世界之樹上九天九夜。藉由犧牲來獲得更高的知識和智慧，所謂「捨得」，就是有捨才有得。吊人也同時代表希臘神話中的普羅米修斯（Prometheus），為了送火給人類，受盡百般折磨，但仍從不屈服，因他的肉身雖受束縛，心靈卻是自由的。

折磨

在人間的爛泥中　掙扎著
試著逃離牢籠
雨水四濺　與淚交雜
將我雙眼縫上

孤立無援
剩無盡的等待　和停留
何時才能停下啊　迴圈的微風
別　獨留著我

麻木

同樣
到了終點

眾人的目光
砸在我赤裸的腳掌上

我雖能觸到
那土壤的濕潤
那川水的冷冽

但我
不過多感受了一下

一些毫無用處的東西

人魚

你的嗓音已啞

如今
它們低迴的低鳴
不過是輓歌的複誦罷了

頓悟

一隻烏鴉
不期然地在清晨的枝頭上鳴叫著
穿透山谷　順著溪流
直直注入我的雙瞳

舞者

他
舞著曾經擦身而過的羅曼史
那從未實現的愛

起步式
雙腳交錯　騰空
用著最小的跳躍
舞出最為濃烈的淚

殉道者

他們雖受盡極刑
甚至燒毀　垂死
卻沒有一個停下腳步
甚至滴下一顆淚

他們為了理想棄絕生命
並以坐姿迎接重生

輯四　沉思

黑牡丹*

印地安的濃霧瀰漫
飄進了東方

一枝枝菸筒上
開滿了墨色的花

二十世紀的名花
近代文明的嚴母啊
蔓延進了二十一

* 黑牡丹的花語：死了都要愛，此處暗指香菸。

三弦

不知是誰家的大門
破了個縫

院子裡　浮著閃閃的金光

那光真教人困擾
任誰的雙手
都沒法遮攔

單鉤*

在整齊地編排之後
他們　以快板奔散

優雅地脫序
四處滑行　以若有似無的軀殼

* 單鉤為八分音符之簡稱。

孔生

門外
坐著個穿破皮襖的高瘦男人
手裡　端著碗剛溫好的酒

啜飲著
一口　接著一口
手中　仍死死地抓著件破長衫

至於偷書的事
就把它給忘了吧

井

你們只汲取我的表面
剩下的那些
則任它腐敗

好渴望啊
渴望著有人能
下來　看看我
在我乾涸之時

問候

只是一些問號
跳躍在　沉默的圓心

奮力一躍

壓抑的他們
一個不小心　成了驚嘆號

又嚇跑人了

慚愧地
窩成了六個小點

秋

秋的氛圍

是灰枯淒澀的秋光
是嗚咽哀鳴的秋光

沿著悠悠的溪向前
是片片的黃葉
撤透了四野

窗內

茫茫如水的夜色
炫盲我們的雙瞳
在漆黑的光芒中
我們接吻

在尖叫聲中離席

你　是誰？

英雄

你在沙場上
像位不朽的戰士
在另個世界永向蒼穹

啊

被人給搖醒了
這回的酒帳
可不能再賒了

一二三

沉默中

微光裡

零星的詩句
湧起了一瓶浪花
堆疊在我那老舊的長桌上

我數著酒瓶
數著　數著
沉進了夢鄉

自我教育

措辭！！

發音！！

韻尾！！

伏筆！！

標題！！

內文！！

深度！！

呼應！！

要令人感嘆

專注　專注　專注

我還在呼吸！

我還在呼吸！

回去書桌前坐好！！

後記：

全文利用嚴厲的措辭，引起讀者聯想詩人此時身旁的人物，並對此產生疑惑，這是第一階段。

回首，那人竟是自己，這是第二階段的頓悟，利用此種情境來訴說詩人本身是如何對自己進行靈魂拷問，利用榨取自身快樂的方式來取悅讀者。

是的，寫詩本身就是件痛苦的事，詩人需直視自身的恐懼和傷疤，並在其中一絲絲地拔出文字。

詩和哲學是緊密契合的，詩人所需面對的不只有詩，還有其背後的問題和自我省思。

然後，在迷失自我的同時抓住那名為「詩」的繩索，逃出自我，以第三者的身分檢視，並整理思緒，將其堆砌成詩。

春日上午

白日的月娘睡意正濃
睡眼惺忪的手正揉著

她們來了！

作天鵝悠嫻的划泳
作蜻蜓曖昧的點水

她們
是春意的花香
是萬物萌芽的口信

鋼筆

它
瘦骨嶙峋　顏容憔悴
縱橫的淚
洋溢在臉龐

詩人永無止盡的苦役使它喘息不休

而在它苦痛而抽搐的臉上
綻放著　詩的光芒

繆斯

今晨雨色淒清
寂靜地只剩雨聲閃爍

而我正馳向夢鄉
一陣悲情踏在地上

這回準是她了！
我暗自猜想

一如往常
風兒剝啄著我的窗

一聲嘆息迴響
在我枕上

午後雷陣雨

雨
灑滿了粉色的黃昏

一滴一滴

滲入

化作星辰
在午夜閃爍

讀詩人154　PG2720

自生自滅

作　　者	默　歐
責任編輯	姚芳慈、石書豪
圖文排版	黃莉珊
封面設計	蔡瑋筠

出版策劃	釀出版
製作發行	秀威資訊科技股份有限公司 114 台北市內湖區瑞光路76巷65號1樓 電話：+886-2-2796-3638　傳真：+886-2-2796-1377 服務信箱：service@showwe.com.tw http://www.showwe.com.tw
郵政劃撥	19563868　戶名：秀威資訊科技股份有限公司
展售門市	國家書店【松江門市】 104 台北市中山區松江路209號1樓 電話：+886-2-2518-0207　傳真：+886-2-2518-0778
網路訂購	秀威網路書店：https://store.showwe.tw 國家網路書店：https://www.govbooks.com.tw
法律顧問	毛國樑　律師
總 經 銷	聯合發行股份有限公司 231新北市新店區寶橋路235巷6弄6號4F 電話：+886-2-2917-8022　傳真：+886-2-2915-6275

出版日期	2022年3月　BOD一版
定　　價	220元

Printed in Taiwan

讀者回函卡

國家圖書館出版品預行編目

自生自滅 / 默歆著. -- 一版. -- 臺北市 : 釀出版, 2022.03

面； 公分. -- (讀詩人 ; 154)

BOD版

ISBN 978-986-445-602-4 (平裝)

863.51 110022017